你是猫

曹波 著

只 摸 到 现 代 之 门 的 猫 爪

作家出版社

献给曹喻

目 录

旅 游

她带着老二老三

去国外旅行

等回来时

老三就将陨灭

我的心

被割去三分之一

遇见羊

我生于1979年属羊

正值深秋

那个阶段羊估计很难过

因为北方的绿草

早就枯黄

已经吃不了了

我妈说她怀我九个月

激烈反应了九个月

吃不了饭喝不了汤

最后没力气生

只能剖开

将我拉出

我被拉出来后苍白细长

这为我以后个子高打下基础

后来一直喝了很多羊汤

也没补到强

我说的这些

不是我要看低我

或看低同属羊的人

我后来读书才知道

属羊的人伟大的挺多

但我以前确实为我的属相

担心过一阵子

大概在2012年

一个机会

我参观了王家湾羊场

此地位于陕北高原一隅

过去很多名人伟人

吃过此处的羊肉

一致赞叹

此地羊好

我慢慢走进了场地

来到栏跟前

刚一靠近

一只羊发现了我

欲跑过来

它似乎是羊王显得很大

我眼睛散光以为是一头牛

它耸着肩跑过来

让我脑子想到宙斯下凡了

或潘神显灵

在未时噬草的猛士

在太阳刺眼的中午

已经准备好

冲开栏杆奔袭过来

而它并没有冲破栏杆

它停在那里

和我隔栏对视

眼光直率平静

好像认识我很久了

我从那刻忽然

喜欢上自己

练歌房

我在延安

金延安广场

一个单人的

练歌房里

唱了许多

流行歌曲

这逐渐使我

重新

变得正常

动物园

百灵在枝头歌唱

老虎从饲养员手里

夺去肉食

熊猫趴在石头上

一动不动

河马从水里

露出老脸

天鹅一下子

飞走

月牙夜

为了撮合

一对男女

我在一个

月牙儿最弯的晚上

建议他们见面

最后他们

遗憾地告诉我

跑到了高粱地

也没有躲开头上

挡住月亮的

那朵乌云

水 杉

我要把

水杉

写进口语诗

因为

她是高耸入云的

大丽人

她来自一亿年前

在金鞭溪的

水边

为我遮蔽

七月太阳的

金边

天使狗

一条狗

在城市大道上

寻食

像一个

巡游天使

所有的车都

停下等待

因为它长得

的确不俗

路 过

乘坐高铁

路过郑州

忽然感到

房地产们

鳞次栉比

如同

无数可怖的

　　巨婴

河 流

北方的河

平缓肃静流淌

从河床

经过我的身体和脑子

让我的酒

变成牛羊牧人和狗

篝火里的眼泪

以及

弯曲的线条

秋日即景

秋天的山

红一片绿一片

黄一片金一片

紫一片青一片

蓝一片

空一片紧一片

雾一片雨一片

像我的心

似的

一模一样

C的母亲剪纸二十多年

说灵感来了剪得连自己都镇住

剪她老汉打腰鼓

把那狠劲狂劲匪劲都剪出

我忽然想起远在马孔多的

阿尔卡蒂奥先生

和乌尔苏拉女士

这是我在一次本打算

蒙混的活动中

感觉忽然清醒

C在台上不断讲着

和阿玛兰妲在我脑子里

一模一样

我找到诗的方向

我找到诗的方向

那瞬间

我进入真实的生命

打通任督二脉

感到活着

真快活

我要告别沉思的迷惘

为苟且的快感

悔恨不已

重新开放曾为意境

萎缩的生命

自此

我要赞美明天赞美太阳

苔藓

中国北方的

寒冷城市

工人给树裹上

保鲜膜过冬

过了半月

保鲜膜里

长满苔藓

让我联想到

中学课文

在仙台

北方树裹着厚保鲜膜

生出南方茂盛的苔藓

旁观者

装饰完毕的摩天楼

等待分食者签约

还有栋梁

解冻的生鱼片

从海边运抵西部

服务员操着本地口音

热情以待

脸上两块诚恳的红

警觉地望着我这个旁观者

还好我满含善意

旁边善良的工程师

在赞美科技和社会

慷慨陈词并不明确

我看着鱼缸里游来游去

斑斓的鱼

想起远方

一个爱在泥地里

总结干净的人

请告诉我

请告诉我

流动的空气

和季风的方向

我刚醒来

请告诉我

它的流动

我愿随它

做个行者

最后安置在和平的湖边

把北方的走兽

运输到南方

栖息在太阳下

献给土地

我通常在开会期间

或在出差的路上

寻找灵感

以上是我最能写出诗的环境

刚好这样我写出它们

也就献给

哺育我的

这片热土

令

令我们存在

是太阳的光和热

令我们前行

是心里

奔腾的马和血

令我们幸福

是我和你

我和他

他和你

发生的

真情实感

一场诗会

南湾山顶的中秋诗会

在夕阳下进行

第一是领导致辞

第二是小学生们背诵唐诗

第三是女歌手唱了一首民歌

第四是当地企业家讲心酸历史

正当他讲到一半乌云和闪电来了

黑压压一片伴着暴雨下下来了

真诗来后人们马上散了

致使后边的一系列表演也被迫取消

归　一

上师对他的信徒说

给一个人最好的礼物是

让他皈依

纽崔莱的主管对群众说

来吧

加入进来

一起滚雪球

这些来客

到华夏后

都归一了

我们

好日子

今年我给

两位孩子

抓了七十九个娃娃

这是我

如数家珍的

好日子

一出好戏

"真的假的

真的那么重要吗"

"真的

那么重要"

Q 弟

他娶了一个音乐老师为妻

生了个女儿现在两岁半

我夸他，女儿将来可以受到

音乐的陶冶也更爱爸爸

他说女儿现在想当亚洲短跑冠军

偶像是苏炳添

这两天正在开亚运会

他的女儿养在三百公里外

退休的体育老师外公家

游乐场

我在C市的朝阳公园

玩过山车

中午时候

烈日当头

有个孩子不停

看着我

最后他对我说

叔叔你好

女作家

第一次去某作协院子

在某办公室遇见

某女作家

在谈论了她的作品后

我说你三十多吧

（看着近五十）

她说

我有那么老吗

我说

我有散光其实像二十

她说

你要说我十几就请你吃饭

我说

下次再说吧

七 夕

他们曾经相爱

在动物园里游乐

在月亮下做爱

月光倒悬

他要死在她手里

他们在海的尽头

互尝滋味

在悬崖边上

望向深渊

她早已离开到银河里

他看着银河

迎接秋天

我是不是一个诗人

很多人碰见我，对我讲

你是一个诗人，我笑一下

我一笑了之

我是不是一个诗人

我可能，只能问

夜空

我存在的痴狂，多如星

出于俗世，如蛇缠绕

还有怯懦，一些，强大而顽固

笼罩我，年复一年

笼罩着

我，半生

和我孪生，怎么甩掉

我没有盔甲，我有

假面，我卸不下假面，在

面对假面之时

我没有剑，戳死敌人，以及

捍卫，我的爱情，其他

还有

拥抱我的爱人，有力地

或温柔

星空，我只能望着你，略带绝望地，问

我是不是一个诗人

我这个

裂开的，两半

作家朋友

一个作家朋友

来看我

携他的新作两本

带着春风走进来

两个小时后

临走分别时

低声对我说

要方便给某某领导也送一本

我猛然想起

他多年悬而未决的副处级别

转身的同时

我的偏头痛开始发作

月 光

今天夜里

月亮很圆挂在天空

转眼雨落下来

我看了一场电影

名字记不清

孤独地往回走

天空下着雨

晴朗的夜空里的月亮雨

坐在宽阔的马路边

我喝了二两太白

写下这首诗

此时月亮又出来

月光照在我的脸上

我朗读了它

给女儿的三岁生日

青忱三岁

前两岁，抱她

在大雁塔南面合照

今年不能回家

我在外地，默默地想她

她活泼热烈开朗

轻松自我坚定

顽固爱哭执拗

爱大声喊叫，无理地闹腾

我凝视她，从她的眼睛里面

我找到了早已丢失多年的

我的心脏，鲜红欲滴

在我的眼睛里

她说

她可以，请放心，我猜测

我，祈祷爱神

祝你，平安

特　意

妻孩从家里坐火车

来看我

等待之余

我用久未用过的洗面奶

洗了一把脸

半把剪刀

一把剪刀

手握的部分

只剩下一半

在厨房里

仍被当主力

使用多年

剪液体时洒了一地

剪肉把人手划破

还有别的

不必细说

它像僵尸

它为何存在

这是个问题

有一个深夜

我把它悄悄扔进

楼下废物桶

连同它为何存在

这个问题

我的老师

每年教师节

我都默念

我的老师

今天记起

高中班主任邓老师

那时他烟瘾特大

别的老师有意见

于是我们班

被单独安排在了

另外一层楼

我不好好学习的习惯

就从那时开始

直到现在

邓老师在我上大三时

肺癌去世

我们去送他时

发现他的儿子

长得不错

比　赛

曹喻在韩国

参加跆拳道儿童赛

今天输给了一个

顽强的

泰国小姑娘

看了录像

我知道

他

输于勇气

我心里对他

使劲地

大声嚷嚷

向前向前向前

我们的生命像太阳

城府里的城府

城府

越垒越高

挡住太阳射入

没有光线后

其更加莫测

城府之人的得意与莫测

又添了一层

他们是魏晋时代的名士

除了才华这点

不是以外

一路向北

北上一千次

立志杀出一条血路

却磨亮一把刀

解剖了我的心脏

瓷　器

Ya是一名小官

奋斗奔袭在路上

一心扑在里面

半生下来

与其预期相去甚大

大家一起研究过

也没有个结论

Ya儿今年高考

学习平平

Ya执意让子上北京的学校

准备寒假携子先去感受

给我说时带着平时

一样的猛劲

我看着他

有时流星在瞬间划过脑袋

趁亮

将他照出

一具甚典型的华夏之器

大概还出于

景德镇上的

一名匠手

铁老虎

我坐火车回家

准点晚上十点到

结果晚了一小时

听她妈说

小闺女非来接我

打算给我惊喜

却睡着了

刚还说

要等爸爸

狗日的铁老虎

又一次伤了

我女儿的心

此时此刻

按钮一按

秋天就要归去

早上霜降到上面

打下叶子

它回到土地

明年它会回来

它的孩子

再来拥抱

此时此刻

接 轨

我最近看了多场

体育赛事直播

才重新

和世界

接上了轨

二　位

我的微信里有二位熟人

一位是艺人

说是某大师的关门弟子

我于去年屏蔽了他的朋友圈

因为净是各种会议的合影

还有偶尔创作打油诗

他经常埋怨我不理他

另一位青年企业家

奔波各地名宾馆

熟稔小道消息

精力旺盛

他今天约我吃面

我决定把另一位

拉来一块

让他们

见上一面

那个故事

那个酒店

因为经营

已经变空荡

和泰坦尼克号

沉入海底数十年后的

样子一样

优雅的男侍和一群

朝气蓬勃的学生

还存在脑里

那个故事

已经消失

连同主演

还有情节

一起遁去

浮于宇宙

某一空间

他

他说

你取得成功

给你庆祝

我告诉他

实在不用

我说的话

发自肺腑

他的两手

未有温暖

把我一再

推入黑暗

一个贫困的人

老赵六十一岁

因为穷儿媳妇跑了

不久儿子失常

失去联系也跑了

他们两口带着十五岁的孙子

一起生活

我看着小孩他眼睛躲开

他的心里有残缺

公家帮助老赵养了十头驴

帮助找好销路

整修房子

我在驴棚跟老赵说话

他讲他的驴

九头驴在身边站着听

有一头有一次

跳跃过猛摔断脊柱

已经离世

告别时老赵让我常过来

我嘱托身边的大学生村官

帮他

寻找儿子

我 们

我们生在雾霾里

或多或少

长着一颗

秦汉唐宋元明清的

心脏

因而

热爱感慨

一个令人难忘的婚礼男主持人

我的妹妹李倩

今天结婚

席间不知怎地

婚礼男主持

要为大家献唱

一首《后来》

说要献给两位

新人的现在

我听出

他唱的是

自己的

曾经

一个才想明白的问题

人无血性

变成鬼

途 中

死亡近在咫尺

诗人并不惧怕

正如爱情近在咫尺

午餐梦

不听老人言

吃亏在眼前

我靠这句话

度过了我

彷徨的一生

飞跃中原

高铁又一次飞驰

中原大地

太阳射过薄雾

照在这里

空气不彻底

有一层灰

洛阳新乡鹤壁安阳

每个城市都一样

除了名字

连车站都

基本一样

歇落屋檐的

云雀和它的颜色

也一样

一个三岁女孩

盯我看了很久

她被我

若有所思的怪诞表情

所吸引

北京北京

为了梦想

来到北京

否则

不会

更 爱

相对于灰霾的天空

我更爱

阴云的颜色

相对于欢快的脸

我更爱

对视的心跳

相对于平静的僵尸

我更爱

怒吼的海浪

相对于长诗

我让它

在此结束

酒后真言

对不起

我不能爱上你

因为

你的眼睛

不漂亮

我们的祖先

华族的圣人

几千年前

定义了农业

绘制样本教授发挥

使系统

完美漂亮

这一点令

二十一世纪的子孙

依旧狂欢

几乎忘记已到了

二十一世纪

写诗的处境

长期以来

我周围一群

数量巨大的熟人

是我写诗的

敌人

我的白天最好的时候

都交给了他们

一天下来后

还要花很长时间

重新恢复正常

然后

花更长时间

重新找回诗情

在以上这段时间

我连一个好句

都憋不出

面朝大海

也出不来

一位体坛巨星

奥沙利文在比赛

忽然离开台子回到座位

示意手碰球了

电视回放未看出来

解说说沙自己感觉到

碰上了

过了两分钟

沙氏一挥手

捏死了头上一只苍蝇

解说说这是少林武功

过上一百年

人们回看他的录像时

就会知道这位巨星

有多忒

英雄泪

大地欠他

一颗安眠药

使他在

潮湿的黑夜

无法热吻星辰

天空欠他

一颗催泪弹

他的热烈的泪

无法射向

秋日的高天

倒流回血管

袭击心脏

在高原上望向远方

对与不对

请你表达

好或不好

尽情歌唱

某少先队员

10月13日参加一所小学

少先队建队纪念仪式

黄土高原上此时约三度

孩子们等着我等出场

出场后他们给我们佩戴红领巾

给我戴的是个秀气的女孩

"今年几岁姑娘"

"十二岁"

我看着她

和我八岁的儿子一般高

瘦得只剩一双动人的眼睛

握着她冰凉的手

我不禁说

多吃点

膜拜猿猴

猴子们

不断向前爬行跳跃

从没打算听我们招呼

每一个要定义它的终将渺小

所有伟大都是儿童

你从阉人变成一个猛男

（当然非那些庸俗的含义）

由林黛玉

后来变成薛宝钗

再变成阿赫玛托娃

你爱的针线

变成铁杵般的心

柔美软发变成

乌黑瀑布

或逆流而上

时光倒流

膜拜猿猴

请不要理我

"我们难道不在

一个频道上吗"

"也不是，只是不在

一列火车"

塑 形

要好身材

最浪漫的途径

把灵魂提到

该在的位置

写 诗

写诗是我唯一

不觉压抑的

存在方式

目前为止

它不压抑

它治愈它

它令

一切美好

你的熊孩子

你的那个熊孩子

还不如你

想的

走在前面

又不听招呼

你压抑着

怒火

准备收拾

其从前面台子上拿了两块糖

转身给了

你一块

在湖边

一个傍晚

在湖边

M先生问了我

生辰八字

露出惊异说多么能

升官发财

见我未动

K先生帮腔

夸深圳来的M大师

如何英伟神准

问我怎样

我说那里的月亮

比北方亮

M来了兴致

与我侃开深城

问我怎样

我兴奋地对他

比画哑语道

印象忒好除了你

又一个教授

L君给我们授课

基于其最近两篇

得意作品

被学完毕

基于我的判断

这是初中学生的

两篇作文

我们都没有表示异议

基于一些

话语权

没时间

亚运会上国足战胜了

支鱼腩后又一次输给了一支次鱼腩

止步十六强

吹牛的又一次可以停止一下了

在国足进了球后裁判吹响终场哨声

在进球慢动作回放时吹响的

其间又听到了熟悉的声音

央视解说员又一次说

中国队没有时间了

是啊终场哨声都响了

百分之百没有时间了

解说员说得没有错

时间时间狗日的时间都去哪儿了

怎么老是没有时间了

枫

近于完美的红枫

站立在深秋的陕北高原上

我们站在它的旁边

此时

我们的友谊

多么纯洁而真切

关于美梦

银杏叶落在地上编织美梦

美梦拒我已千日

我仍爱它

某地电视的八套节目

一套新闻

二套纪录片《故土难离》

三套一个乐队在演唱《小苹果》

四套《雍正王朝》五集连播

五套《神医喜来乐》

六套专题《道德与法治》

七套广场舞教程《最炫民族风》

八套抗战剧《狼烟四起》

百姓在里头

获得了养料

你幸福吗

我观察身边的人

嘴角普遍下垂

法令纹神秘深邃

据说幸福感

不断上升

凤凰城

去凤凰主要看

沈从文故居

和多年前书里的边城

事实那里已非边城

成为中国特色的

热闹中心

在买沈故居票时

被要求买

九景通票

这多少对

不同的人

失去尊重

我没有买

拿省的钱

吃了几碗血粑鸭

买了一把陶笛

准备学艺

我的1994

1994年巴西在美国夺冠

郑钧专辑《赤裸裸》发行

一架图154飞过西安上空随即坠落

电视新闻上卢旺达屠杀贫民

埃斯科巴回国后被枪杀

后来我陆续地看完那年的电影

其中有《卢旺达饭店》

《科特柯本饮弹》

《赛纳身献赛道》

电视上看到彗木大碰撞

曼德拉宣誓就职

1994 年甲 A 开战

真相后来才知道或许

仍是个谜

但我还认为那年中国足球最好

我在次年的班级迎新晚会上唱了《回到拉萨》

赢得了同学的掌声

布考斯基在 1994 年死去

我写诗之后才知道

时间已流逝

大概能一下想起的就这些

它们教育了现在的我 **115**

无 题

我的身体如僵

我的灵感如泉

黄土地

普遍的爱神

没有降临黄土地

我们用

锄头铁锨铲子十指

和魂魄一起

用力深挖

以证明对它的爱

多么深切

一　出

不能说话交流

那就来个魏晋风度

这是

最好的一出

中秋之前

今天他一直开车在路上

并不停发着祝福短信

这时危险系数增加

但是没办法时间有限

他打电话给我说这些时

我正在开着

也在为求一点月圆

冒着生命危险

夏末秋初

预报的激烈对流天气

最后变渐渐沥沥

连绵不断的雨

下了几天

总水量差不多

就是力度和时间

有所变化

我身体被钙化的那些部分

它是战友

在苦痛中拼命抵抗

是情人

因为常说

听话点儿要不继续扩散

极有可能是我的老师

反复教育我

并让我上下求索而不得

或者是领导我百口莫辩只能认屎

明天我要杀死它

如同杀死

一颗精子

秦 腔

"你大舅你二舅都是你舅

高桌子低板凳都是木头"

在电视上播放

临结束时你对我说

它是封建的表演

深具俗世之风

我对你说

这里暗含

为数不多

你未察觉的

时代强音

望 月

为明天而忧愁

因为

今晚的月亮

有残缺

懒 人

好久没有洗澡了

在炎热的盛夏

上周一在北京鸟巢旁的

酒店冲洗了一次

这中间去了前门，天安门，故宫

首都机场，西安机场，家

西高新，西安机场，首都机场

圆明园，太原，洪桐大槐树

家，到高原

已是周日深夜

打算礼拜一起码要洗头

不巧停了两天水

周二晚上迎接华侨贵宾们

他们比平时的来客对我热情一些

说瞧这么精神的小伙

还要一块合影

他们大概以为我头发打了油

整齐发亮地粘在头皮上

看了一会儿才看明白

一对男女把宝马X5停到路边

女的用食物准备喂路边的野狗

男的在后面站着等待

用当地口音对话

我锻炼了一圈过来

他们已经抓住一只

在商量怎么抓下一只

以后要做的事

把撕碎的布

缝成心中想

看微信遐想

你去西藏发了些照片在上面

我去会带一些诗回来

大，大家庭

在一个

中，中，中国式大家庭里

没有人懂爱

爱，爱

每一个都推来推去推来推去

推，推，啊推

为了面子，不顾一切地

争，争，啊争面

蒙昧度，度日，算不算，嗯

孩子幸运，不幸，降临此，此间，后不久

很虚弱，虚弱，啊，外强中干也许

孝顺，孝顺，啊孝顺

是不是，被当作满足面子的

工，工具，真是一副好皮囊啊，呵，哈

生得好，好幸运

被冠以，或者，也自认为，这样

我深感刺激，悲伤，恐惧，击掌，握拳，后空翻

仅，仅，仅，仅是看到

悲剧拉开了幕，幕，幕布

感 激

由于躲避不及

又遇到

那个熟人

恳切对我说

再帮一个忙

一定感激你

我顿时想起

上次感激我时

叫了几个壮仔

硬灌我马尿

的情景

我大病初愈的身体

开始颤抖

责怪自己眼神不好

躲避不及

寻找豹子

一个集体在葫芦河沿岸

整齐行走

我尾随在他们后

三九里面河面冰封

冰封下面浅蓝色

河的血液缓慢流淌

太阳照在冰上

我趁机走到河里

观察河流如血液

缓慢流动

发现其中躲避在反光中的

深藏不露的血中之马

我决定就此独自

到更深的沟道

寻找那只曾出现在新闻里

神秘莫测的

豹子

立 冬

一

今天立冬

没有下雪

我出生那年

立冬后

也没有下

我们的省

立冬通常不下雪

叶子残了

仍然金黄

让我总以为自己

生于深秋

与你无关

立正

见证着

巨大事件

轰动的新闻

你们或者我们

为在其中感谢命

陶醉然后发热

感到更良好

日积月累

木偶人

谢幕

你们同时目睹

与你们无关这件事

庞然大物的过程

就是那么简单

复杂凡夫得意的趵突泉

简洁天才的琴键

弹出强音

马先生

马先生是个智者

这点大家都知道

他经常发心灵鸡汤

这点其他智者都点赞

马先生今天发的是

最佳状态就是做自己

我觉得马先生是个

内心焦灼的人

因为他发的上一篇是

如何在单位混得如鱼得水

乌云满天

天上的云

密密麻麻

像列阵的军队

编织得密不透风

要挡住上面空气的流通

幸好此时我乘的车

已驶出那个

布满乌云的地方

电 影

韩国

一部电影里

坏人指着乞丐

对小女孩说

你要不好好学习

将来就是这样

小女孩说

妈妈说只有坏人才说

这样的话

我突然感觉神经曲张

想到我们的孩子

以及我的孩子

他们讲不出

这样的话

几年前一个丑恶的人

狐假虎威仗着权势

曾对我讲过

类似的话

我攥着拳头

没有还击

我说的天才，不是神童

压抑越久，越亮

公牛杰克

它一生共出场十四次

从未被制服

第十五场用了一点八秒

把牛仔又制服

冬 至

夕阳照射寒冷的高原

和散落其间的城市

在冬至这天

在冬至这天

它照射上面人们

大部分寒冷的眼睛

他们匆匆而行在路上

和他们寒冷的眼睛

我看见夕阳

照射在一座

新修书店的顶上

这个孤独的建筑

自开张开始陷入孤独

在冬至这天

我刚好路过孤独的书店

夕阳扫过它的顶部

和上锁的玻璃门

照在我寒冷的脸上

在冬至这天

我知道黑夜最长

它即将降临并盖住一切

生活怎么继续

窗外雪将落下

屋子温暖如春

高速公路寒风凛冽

车里播放火热的歌曲

路弯曲无尽

我们如梅而立

锻炼并且迎接

一丝不安

广场中间耸立着一排

古代将军和士兵的高大雕塑

身穿盔甲手拿剑戟

两个刚刚还在打闹的孩子

走过来突然有点不安

或许绝望

一只狗趴在高速公路中央

狗瘦毛长，它的脸背着

车开来的方向

一动不动

好像在等待

一个好心的司机

一起吃饭的时候

看着对面的轮廓

我想我们

会同一天死去

辩 词

我们也有现代可言啊

比如八大的

鱼和鸟

雪

鹅毛大雪

落在我们肩上

我们在贝加尔湖

划船

跳舞

相互取暖

论两个荒谬性

他的狂躁

有一部分透出人色

这些如救命仙丹

在将来

在此刻

在从前

他的狂躁

与岁数同增

常梦见伟大与不朽

装扮自己

空 城

空城

浮于世

有一万盏

星罗棋布的灯

照亮十个城中人

我是其中之一

且最具人情味

耐心与路灯交谈

告诉它们

明天的虚无

小 雪

我望着窗外

在中国节气

为曹喻赠诗

今天小雪

他的生日

在高原太阳下

我为他祈祷

让黄金二百四十度的阳光

照耀他

覆盖他的

大脑和心脏

我碰到的那些乐善好施的人

我认识许多

乐善好施的人

还可能更多

他们都是乐善好施的人

用粗大的手掌

不厌其烦

将好肉分食给

赞美者和鬣狗

若干年后

在他们不再

为人民服务后

仍旧是一个乐善好施的人

拉下脸面服务鬣狗

以获得心脏里

唯一的支架

雪 山

我穿好了装备这天

登上厚靴离开温暖的房子

跟着队伍登山

这是自称爱山的我

第一次在大雪后行动

宏大的白色把山的距离拉近

大雪覆盖黄土高原

同时覆盖它

冬天里苍白的灵魂

把枯黄，暗色，脏物压在身下

群山密密麻麻整齐排列

正午太阳照着每个山头

照亮山与山的沟壑

他们的连接似乎更紧密

雪灼伤了我的眼睛

在山腰一块平地

我的旅伴他们架起了炉灶

他们携带生肉和调料

烧酒和酒盅

他们是一级的烤肉师和酒鬼

他们是游牧民族的后裔

他们不是诗人的后裔

如果不活在当前社会

他们一定不惧生死

并且最具率真

帐篷已经搭建完毕

一个难忘的酒肉雪夜

马上就展开

可我早就暗下决心从这次开始

不再用酒寻找诗性

它令我坠入深渊

我填饱肚子后早早躺下

在雪山围成的帐篷里

看着夜空

星河像厚被一样铺盖下来

它们看上去越来越近

我们将要成为一体

不分彼此这个词

在我心里的厌恶感

此时变得高尚

雪 狗

我常在冬天没有灵感

因为寒风把脑子吹空了

今天下起大雪

我在傍晚换上靴子

去外面踏雪寻梅

新修的城市此时

没有一个人物和车

因为雪大

我没有寻到梅花

或许她被裹住

在路灯下

一个老地方

那几只凶神恶煞的野狗

此时像换了灵魂

变成白狗

整齐地卧在那里

向我投来

温柔的目光

某 某

某艺术家

总在站台

难免伤了

艺术的心

大巴黎

在此季

大巴黎

我是指

巴黎圣日耳曼

足球队

俯瞰英德西意巴阿

让浪漫

重新登场

百灵和杜鹃

两棵杜鹃花树和七只百灵鸟

两只百灵在地上啄食

其余五只在

枝头歌唱

飘

二十岁时

我们携手去庐山

辨别了

庐山真面目

二十年后我们

星罗棋布地

飘在空中

滴滴司机

在北京乘滴滴

山西榆次的车主说

他觉得北京挺好

只要肯干就能挣到钱

在他老家榆次一月一千的服务员

都要找关系否则不顶事

下车的时候

天气突然变暖和了一些

寒 冬

风吹着枯枝摇来摇去

那无一叶的黑枝

密密麻麻遮住天

像巫师的手刺进我的眼睛

我的散光又增加了几度

我和 AB 二君走在刮风的路上

A 要去医院看他住院的丈人

脸上显得有点不安

不一会儿被牌友叫走了

B 在盘算今晚的那个酒场

以及能给他面子前来的人

对我津津乐道我没有驳斥

我没有驳斥这件事

令我头痛欲裂

他们不会明白此时

我因为枯萎

而焦躁不安的心脏

以及产生的慢性障碍

我逃遁的渴望

与街上的风速成正比

或者是风的十倍

三人行必有我师这个遵循

此刻显得更加可疑

要不赶紧下上一场雪

我真的就一首诗也写不出了

诗神的回答

在我向诗神

声援并且诉说的

五分钟后

他在夜幕降下时

带着白雪而来

雪花簌簌捎来答案

鹅毛片般雪落在人间此处

铺盖住黑夜

结出优美的凌花

长 安

流行歌曲港台最老练

摇滚音乐北京最牛逼

这些乐神知道

写诗一贯长安最好

这点诗神知道

如果是在全世界上

前两个无疑站不住脚

长安未必不是

这点诗神也知道

你是猫

本宫卑微

渺小，敏感，脆弱

发困，讷言，白天累

无聊，善嫉，心血来潮

半途而废，痛恨，诅咒，羞耻

暗自，说服，揣度

跳上，跳下

趴下

沉重的苦包袱，彼此

黑色的眼睛，索居

冷面杀手，思想家，神经

兮兮，啐

一只忠诚的狗，跑

跳上树

厌倦，热爱，瞬间转换

咖啡 or tea，噢，上帝

春梦，自行，举起枪

事实的，分野，魔鬼在

微笑，梁上君子

君子，可恶

阳光中，带有焦虑，这世道

醒来，穿行，在旷野

发情的，时间到了

带着气质，四处游

又开始

叫春，叫春

春天，在哪里

无名之地

一

我没有写出西部之诗

因为还未展开双臂

用脚亲吻

二

动车向西

向北

它刚出发沿着秦岭贴地飞行

它沿着秦岭

仿佛行进在祁连山下

向上是一样的高天

云浮在半空

三

平安区站

阳光明媚

照在身上

接到短信唤我回去

这个世界的暗面

那些魔舞

不出所料

旅客们

快上来吧

我们赶快去广袤的

地方

四

西宁到了

身旁的小伙子要赶下一趟

去拉萨的火车

他刚大学毕业

加入了一个西部计划

来自运城

分到那曲

时间3年

他说有个小伙伴骑车

正从川藏上去

赶在明天报到

我说祝你好运

快点找个藏族姑娘

五

西宁这大美之城

比我3年前来时更好

它非我理想之城

但至少此刻

它是吾爱之一

六

青藏高原没有天才选手

缓慢流淌的河

血流

这里三伏天里10度

有凉雨

参天木，低云密布

飞鸟

从房间掠过

七

途中的午饭

它们是速热火锅

速热米饭

就在车上解决

还有飘来

满山遍野的牛粪味

另一部分是野菊花，雏菊

牦牛群

它们在不远的牧场

牧场接连不断

羊群在天际食草

山的高端

像下了雪

八

许巍在广播里唱着柔软歌曲

在此风景之途

李晓静说他唱的死气沉沉

这一下说到点儿上

和周围壮丽有别

许巍从在别处后

越发温柔

九

他受众更广了

十

青海湖

在女人和孩子的

叫声中

呈现

十一

为准备沿湖骑行

早上吃了碗兰州拉面

肉少面多

牧民老板们要是肉多面少

这样经营

会否更

经济

十二

曹喻说

爸爸啊下坡

加速

爽的很

他独自骑车子

获得了

一些

解放

十三

迎面一个队伍

走过来

打着旗说

爱让我们行走

我看着像

蝼蚁一般

十四

我在骑行

左边蓝色湖水

右边经典的windows

主题桌面

一片云过来

我停下单车准备加衣

低头接了一个来电

大概30秒

云飘走了

十五

青海湖之大

在最靓丽的天

也看不到对岸

也许这里的油菜花海

也是世界最大?

从开始

沿湖岸开了一个多钟头

才慢慢结束

十六

茶卡茶卡

咔嚓咔嚓

天空之镜

照相胜地

终于明白

人在湖中

为何不沉

但不明白

她们为啥

都穿红衣

十七

德令哈德令哈

我来啦

穿过沙漠公路

在 22 点到达

此时夕阳刚刚下落

下落在

这寂寞的城市

德令哈德令哈

这西部的盆地

这湖水

这名字起的好听

我一记住就不会忘记

听说外星人也到过

这些

真够神奇

明天我还要去海子纪念馆

照一张像

向他致敬

我原来喜欢他

后来不了

因为

我长大啦

十八

在雪山温泉

仰望雪山

这是重要的

一次行动

十九

诗人不抑郁

在高原

在西北

大地上

太阳下

二十

让雪山证明

谁更优秀

谁在亲吻真理

让雪山作证

快抹去优秀这个狗屁词儿

二十一

无人区

第一次看见鹰

无人区临时停车点

厕所外排满了队

很长一段荒漠

没有长一根草

二十二

骆驼啊骆驼

我骑着你

你一下站起

我们一块迎着太阳

转了一圈

你走起来那么优雅

屁股一下一下

我第一次发现

在中间我摸着你的驼峰

轻抚着你驼峰边的毛

我突然想哭

因为你的眼

和我一样

地悲伤

二十三

古丝绸之路固然伟大

没有骆驼你们搞什么

二十四

莫高窟

今日风沙起

这是最佳的感觉

一切总那么好

外面像特色大院建筑

里面全是宝藏

最喜欢唐代

初唐中唐晚唐

繁花浮动

佛用裹胸

从那以后

再没有

啊，

伟大的

丝绸之路

二十五

在边陲城市酒泉

某商务宾馆

小餐厅

一群学生坐在我们周围吃早餐

T恤上印着浙江大学

他们唇红齿白

眼里有光

我望着

感到暖流

二十六

敦煌墙壁的蜘蛛

爬进了深夜的梦里

二十七

西出阳关无故人

我从西边进入阳关

一切刚开始

沙漠跟金子一样

烽火台熊熊燃烧

石头在夜里还炙热

在冬天

一样热烈

路过国际都市敦煌

进入梦境

我走回长安

寻找诗佛

王维还小

二十八

雪山之高于天之际

雪山之长于河之西

二十九

大海剩余珍珠

苍龙匿于河西

每一公里

都是天空之境

三十

在蒸腾热烈的长安

想起达坂垭口呼啸的敖包

和雪

后　记

　　新一本诗集完成，即将出版，这值得庆祝，在最后我想写点东西，主要是对诗的一点看法。

　　大概 2016 年左右，我看了一些书，突然醒悟，找到自己，生命的引擎得以点燃。那个时候距"正式"开始"写诗"有 10 年以上，旧体诗、现代诗、类歌词等加起来有 300 首，平均每月 2 首，这需要冥思苦想、无中生有、顾影自怜。生命逐渐萎缩，感觉诗神总伴随痛苦，悬在半空若隐若现，总不明确，这可能就是文化的高妙。2017 年，我把从前的诗扔掉了绝大多数，纸质的撕碎，电脑存的删除，保留其中 80 首出成《昨日集》，对以前算是纪念。口语诗让我打开窗户，找到诗神。这本《你是猫》就是我对口语诗初步的认识和探索，在此浅谈，都是个人观点，主要与读者朋友交流。

对诗的看法。在较长期诗的训练里，我逐渐发觉，诗性是人性中光辉的高级部分，是情感智慧的塔尖，它的属性首先是真实，基于真实的人性中，抛开真实，诗性就无处安生，更谈不上发展与探索，也就是说没有真实的人性，没有真实做底色，那么诗即是空谈，是假的。讨论真实的人性，其实不难，即你必须有正常的认知，能辩清黑白。这些是诗的土壤，诗人在土壤中依据天分、爱好、心性、气质各自发挥。这是第一点，可以说明一件事，诗基于事实而生，也就是口语诗论所说"事实的诗意"，至于诗能写多好，那就完全在于诗人了。

诗由事实出发，诗意全在事实中表达和体现，这样看，歌这个字是莫须有的，或者说多余，或者谬误。在农耕时代，诗歌用以表达劳作快乐，互相情感，描写意境，陶醉身心时它需要歌的部分，掩盖自我这个事实的缺位，也是合理。后来到工业文明、后工业信息社会以及智化时代，细分、协作、公平交易、城市化，尤其科学逐渐代替别的，成为人类主流，人的自我意志开始觉醒，人开始发现和面对真实的自我，人的自我觉醒带来诗的进步，甚至是本质性的变化，诗由此开始获得能量、力量，形成正常的自然表达，它的自我性的高级阶段就可归纳为这个"诗性"，当诗人或有诗性禀赋的人不断认识、努力并有幸获取这个"诗性"，他表达的不再是互相情感、意境、陶醉或一岁一枯荣等这种表象感觉，而是把外部世界对人感观和心理的影响，真实地由内而外用"诗性"自然而恰当地表达，同时把内心能量、不竭活力和真实的热情通过此得以传达，使人与人、诗与诗、人与诗之间的正面电流互通，它会可读、共鸣、引领心脑，值得赞赏。诗就变好，诗人也就不那么奇怪。

然后我想说一下诗的多样性。这个也只是我自己的思考，权做探讨。诗的多样性应源于历史时间的不同阶段和诗人自身的秉性这两方面。"停杯投箸不能食，拔剑四顾心茫然。""三月三日天气新，长安水边多丽人""月出惊山鸟，时鸣春涧中"，三个唐朝大诗人，性格、经历各自不同，但写出了古今人都感同身受的杰作，写出了人性中最基本、最牢固的东西，这些人性的东西也即是现代性的属性，具有现代性的显征和功能，即事实的诗意。只是他们当时并不一定十分明白原理，只依靠优质的天赋所感知获取（我判断）。但可看出，多样性是事物发展的一个客观规律和事实，诗也一样。词分豪放派，婉约派等，诗如诗仙、诗圣、诗佛这些，这也就是多样性。最终经过上千年时间淘炼流传成为经典的，总在于基本的人性、出众的才华、卓越的思想、真挚的情感的汇集，可见多样性并非局限，多样性和现代性不是矛盾，和不朽也不矛盾。我认为反而是互相帮助互相促进。古诗颇多限制，形式就目前认知已经无法超越，在此就不再说。

我最喜欢的两句古诗是"郁孤台下清江水，中间多少行人泪"。

现代诗，后现代主义，后口语等也都一样，

都是对诗和人的探索，都是解放的，是不断前进的，面向未来，也越来越归于本质。我想说的是，这里的核心因素不在别的，在于诗人是否转变成一个现代人，是否与文明是一路人。是一个文明人基础上的诗人，在这个基础上论诗的多样性才有意义，否则讨论、争论等在逻辑上会陷入荒谬的旋涡。我理解所说事实的诗意，是由一个日臻完善的，观念、情感已完成或基本现代化的诗人，用其诗性、方法所表达和完成的诗，就与事实的诗意的性质相吻合，至于他用何种办法、何种方式来表达，表达到何种高度，那是自身探索和修为的问题。在此基础上，可能会把一首抒情诗写到不朽和伟大，也可能把一个好诗意浪费折损，但绝不会南辕北辙，归入歧途。

第三我想说诗是大众的。藏在每一个有灵魂

的人的体内，它不是高高在上，让人们感到神秘又费解、无趣，甚至让大众谈到诗人就感到怪异。这里原因复杂。但有一条毋庸置疑：大量现代化的诗人还未形成，老百姓被劣质平庸晦涩的"诗歌"整昏，对诗难有亲近，不愿阅读，阅读后更无好感，更加远离，对"诗人"的态度就可想而知。这根本上是观念现代化的问题，不光是诗人，读者也是。这需要一个过程，在现在看，将是一个长时间的事，由此口语诗被看作先锋就不足为奇。从另一点，现代化的诗在对人们的启迪上还有很大的功能并未发挥，诗的能量还没正常释放，对人的指引和改善等这些妙用没有被感知，共识。就是大众性还隐藏着，诗被当作一小部分文人所把玩的专属之物，大概是目前的现状。《毛诗序》说："诗者，志之所之也。在心为志，发言为诗 。"这最贴合目前我对诗的看法。也印证，有志即有诗，说明诗不是少部分人专有的，是有志所抒，是人性中普遍之物，是大众的。至于志，就是诗的方向。这首先需要诗人自我革新不断进化，向前进，使命重大。但愿百花次第开放。

最后我想感谢兴安老师，他是一个好人，我总是遇到好人，他温和善意，帮助我完成人生的一个目标。这次又来麻烦他，他欣然的又给我大大的帮助，感谢溢于言表。还要感谢作家出版社，做为国家级大社，希望没给你们丢脸，希望以后能给你们争光。

曹 波

2019.7

图书在版编目（CIP）数据

你是猫 / 曹波著. -- 北京：作家出版社，2019.5

ISBN 978-7-5212-0596-1

Ⅰ. ①你… Ⅱ. ①曹… Ⅲ. ①诗集 – 中国 –当代

Ⅳ. ①I227

中国版本图书馆CIP数据核字（2019）第110895号

你是猫

作　　者：曹　波

责任编辑：兴　安

封面绘画题字：溪　翁

装帧设计：意匠文化·丁奔亮

出版发行：作家出版社有限公司

社　　址：北京农展馆南里10号　　邮　编：100125

电话传真：86-10-65067186（发行中心及邮购部）

　　　　　86-10-65004079（总编室）

E-mail:zuojia@zuojia.net.cn

http://www.zuojiachubanshe.com

印　　刷：北京明月印务有限责任公司

成品尺寸：130×210

字　　数：150千

印　　张：7.25

版　　次：2019年10月第1版

印　　次：2019年10月第1次印刷

ISBN　978-7-5212-0596-1

定　　价：36.00元